AF336632

RÉPONSE

A MONSIEUR ***

SUR LES SENTIMENS DU SPECTATEUR FRANÇOIS,

AU SUJET

D'INÈS DE CASTRO,

Tragedie de M. de la Motte.

A PARIS,

Chez JEAN-BAPTISTE MAZUEL, ſur les dégrez
de la Sainte Chapelle, au Voyageur.

M. DCCXXIII.

RÉPONSE

A MONSIEUR ✳✳✳

Sur les Sentimens du Spectateur
François, au sujet d'Inés de
Castro, Tragedie de M. de la
Motte.

MONSIEUR;

Je vous suis trés-obligé de m'avoir
envoyé les Sentimens du Spectateur
François, sur la nouvelle Tragedie
d'Inés de Castro. Je vous avouërai, cependant, que je n'en ai esté nullement
satisfait, n'ayant pas trouvé qu'ils ré-

pondissent à l'idée que je m'en étois formée.

Je m'imaginai, aux premieres lignes
de cette brochure, que j'allois lire une
Critique selon mon goût ; c'est-à-dire,
sans passion, sans invective, telle que doit
estre cette sorte d'ouvrage proposé pour
servir de lumiere au Lecteur ; mais je
fus étrangement surpris de trouver
une forme de libelle plûtost qu'une Critique.

Ce Spectateur qui met toute son oc-
cupation à étudier les hommes & à re-
cüeillir leurs pensées, me paroist ne
s'estre pas trop attaché à connoistre les
sentimens du cœur ; tout glorieux de
sçavoir que l'harmonie & l'élegance
sont utiles à la Poësie, il en remplit sa
Prose, sans s'embarasser du secours de la
raison.

L'ironique analyse qu'il fait de la
Tragedie d'Inés de Castro, montre bien
qu'il n'est pas spectateur désinteressé.

Mais sans vous repeter son plan, puis-
que vous l'avez lû, souffrez, Monsieur,
que je vous rappelle en abregé ce trait
de l'Histoire de Portugal, pour vous

faire convenir de l'art & de la manière ingenieuſe avec leſquels Monſieur de la Motte a ſoutenu ſes caracteres, & a rendu propre au Theâtre, une avanture qui a fait l'étonnement de l'Univers.

Don Pedre fils d'Alphonſe Roy de Portugal, avoit épouſé Conſtance Princeſſe de Caſtille, du vivant de laquelle il devint amoureux d'Inés de Caſtro, fille d'une naiſſance illuſtre : Dans le cours de leurs amours la Princeſſe mourut, & Don Pedre de qui le temperamment vif & petulent rendoit l'amour encore plus ardent, épouſa Inés ſecretement.

Inés qui ne connoiſſoit point d'autre ambition que celle de plaire au Prince, paſſoit la plus grande partie de ſa vie à Coimbre où il ſe rendoit preſque toutes les nuits ; il en eut pluſieurs enfans qui furent élevez avec ſoin, ſans que l'on connût leur naiſſance, Don Pedre voulant attendre que la mort d'Alphonſe qui eſtoit déja vieux, le mît en eſtat de rendre à Inés les honneurs que ſon amour & ſa vertu attendoient de lui.

Cependant, la retraite de cette Dame, & l'indifference du Prince pour toutes les femmes, firent soupçonner au Roy une partie de la verité ; & pour rompre une intrigue qui allarmoit sa politique, il proposa à Don Pedre une seconde alliance qu'il refusa autentiquement.

Alphonse persuadé que le Prince ne lui resistoit que par l'attachement qu'il avoit pour Inés, assembla son Conseil secret & demanda l'avis des Grands sur la façon dont il devoit agir avec son fils, son courroux le persuadant qu'il pouvoit, le contraindre à de secondes nôces, ou le faire arrester.

Les Grands ne lui conseillerent ni l'un ni l'autre, mais lui firent entendre qu'il faloit se défaire d'Inés ; & que lorsque le Prince n'auroit plus l'objet de sa passion devant les yeux, il seroit plus soumis. Alphonse par une foiblesse sans exemple consentit tacitement à la perte d'Inés, & deux des principaux du Conseil se chargerent de l'execution du projet : Ils furent à Coimbre, un jour que Don Pedre étoit à la chasse, & firent massacrer Inés par les Satellites dont ils

s'étoient fait suivre ; Cette Princesse in-
fortunée n'ayant auprès d'elle qu'une
inutile trouppe de femmes, qui ne pû-
rent opposer que des cris & des pleurs
à ses barbares assassins.

Le Prince de retour de la chasse, vole
à Coimbre croyant avoir esté éloigné
d'Inés une année entiere, quoi qu'il
n'en eût esté absent qu'un jour. Quel
funeste spectacle ! pour un homme ardent, fougueux, & dont l'hymen ne
fait qu'augmenter l'amour ; il n'hesite
point à voir d'où part le coup, il recon-
noist les ordres du Roy dans ce meurtre
affreux ; le refus qu'il lui a fait de prendre un nouvel engagement, ne lui don-
ne pas lieu d'en douter ; il court à la
vengeance, assemble ses amis & se fait
un parti assez fort pour declarer la
guerre à son Pere & le contraindre à
demander la paix.

Le Prince l'accorde, à condition que
les boureaux d'Inés subiront dans les
supplices la peine de leur crime. On
pose les armes, le Roy pardonne, & le
Prince rentre en grace : mais Alphonse
ne se presse pas d'accomplir sa promesse.

& Don Pedre fuivant les confeils de quelques amis, cache fon reffentiment, attendant un moment favorable pour le faire éclater. Le Roy meurt, & le Prince heritier de l'Empire, fait revivre fa douleur & fa rage, en faifant voler les Têtes de ceux qui ont affaffiné Inés.

Il porte même fa fureur fur toutes leurs familles ; & confervant fon amour au delà du tombeau, il fait tirer Inés du fien, fait orner fon cadavre des habits Royaux, la fait couronner Reine, l'époufe publiquement, & fait reconnoître fes Enfans pour fes legitimes Succeffeurs.

Action qui le fit furnommer le Cruel par les defcendans de ceux qu'il avoit fait mourir, & le Jufticier par toute la terre.

En voilà affez, Monfieur, pour juftifier le caractere de violence que Monfieur de la Motte a donné à Don Pedre, ou pour mieux dire, qu'il lui a confervé; il a eû l'art de nous offrir tous les Evenemens de l'Hiftoire fous une forme

theâtrale, fans rien changer des fitua-
tions, que les chofes qui ne pouvoient
s'accommoder à la Scene.

Voyons prefentement fi le Spectateur
a raifon dans ce qu'il blâme. Pour donner un champ libre à fon ironie, il ac-
cufe le Prince d'imprudence en avoüant
fon amour pour Inés, cet aveu la met-
tant, dit-il, en peril de la vie. Hé ! quel
eft le danger que cela lui peut faire cou-
rir ? Il avoüe bien qu'il aime Inés, mais
il ne dit pas qu'elle eft fa femme.

Cette partie de fon fecret ne met que
lui dans le peril ; Inés n'eft point encore coupable, quoi qu'elle foit aimée.
Lorfqu'elle le veut nier, ce n'eft point
par la crainte du peril qu'elle court, ce
n'eft que celui de fon Epoux qui la force à cacher une paffion qui fait tout fon
bonheur : C'eft à fon amour timide à fe
taire ; mais c'eft à celui du Prince d'é-
clater.

Ne défavoüés point Inés que je vous aime.

Que ce mouvement eft naturel dans
un cœur veritablement amoureux ! &
qu'il eft bien dans le caractere de Don

Pedre, violent, éperdu d'amour, & qui
ne connoiſſoit point d'autre loy que celle
que lui impoſoit l'ardeur de ſa paſſion.
Quel eſt l'homme qui ſeroit capable de
déſavoüer ſon attachement pour une
femme qui le merite, & dont il eſt ai-
mé, ſans croire manquer à ce qu'il
doit à ſa gloire! La raiſon qui le fait
cacher à l'Amante, eſt la même qui le
fait avoüer à l'Amant; l'honneur con-
traint l'une à ſe taire & force l'autre de
parler. Il ne faut donc avoir nulle con-
noiſſance des paſſions & des ſentimens
du cœur pour blâmer cet endroit.

Le Spectateur prend encore le chan-
ge, pour ne rien dire de pis, au moment que le Prince dit :

Je ſors ; mais je crains bien de revenir
coupable.

Il confond la Scene avec *L'à parté*;
il ne veut pas concevoir que Don Pedre
ne dit ce vers qu'à lui-même; & qu'il
eſt ſûr que le Roy ne l'entends pas : li-
berté permiſe au Theâtre dans tous les
tems, & auſquelles le Public raiſonna-

ble se prête aisément ; ainsi, il n'est pas extraordinaire qu'Alphonse n'ait pû prévenir la revolte du Prince.

Don Pedre force le Palais & vient pour arracher Inés des mains d'une Reine dont il redoute la fureur ; avec quelle ironie le Spectateur parle t-il d'une des plus belles situations qu'on ait mise au Theâtre ! Inés qui vient de trembler pour les jours de tout ce qu'elle aime, rassurée de ce côté par sa presence, n'ayant plus rien à craindre pour sa vie dans le combat, envisage alors la revolte du Prince comme le plus grand des malheurs, & par un senti-ment naturel aux femmes, elle croit que le repentir attirera le pardon, elle le presse d'aller aux pieds du Roy, l'obtenir ou mourir, & pour l'y contraindre, elle refuse de fuïr, & veut estre auprès d'Alphonse un gage de sa soumission. La même grandeur d'ame, quoi que fondée sur un autre principe, agissant dans le cœur de Constance éloignée d'une jalousie vulgaire, elle vient presser Don Pedre de fuïr pour éviter le couroux de son Pere, & le Roy

les furprend tous trois dans ce touchant
entretien.

C'eft encore dans cet endroit que
le fpectateur paffionné fe plaift à cher-
cher de défauts pour nous cacher de
veritables beautez. Don Alphonfe,
dit-il, commande à fon fils de rendre
fon épée, mais il n'a garde de rappor-
ter de quelle forte il fait ce comman-
dement.

Ce Roy fait entendre à Don Pedre,
qu'il n'efpere plus rien d'un fils qui
s'eft armé contre lui ; il lui dit d'ache-
ver fon ouvrage, en lui perçant le fein,
ou de rendre fon épée. Le Prince plus
effrayé de l'image du crime dont fon
pere le croit coupable, que du peril
réel qu'il court en le defarmant, jette
ce fer à fes pieds ! & malgré toute fa
fureur, il prouve au Roy, par une o-
béiffance dont il étoit en pouvoir de fe
difpenfer, le refpect qu'il conferve pour
lui. Il ajoûte à cette foumiffion la jufti-
fication d'Inés ; il fuplie le Roy de ne
faire tomber que fur lui les effets de fa
colere, & d'épargner une femme ge-
nereufe, qui n'a pas voulu fuir, pour

lui servir d'otage de sa fidelité. Cette priere ne faisant qu'irriter Alphonse ; ce Prince amoureux & violent laisse agir l'impetuosité de son temperamment & de son amour ; il proteste, il menace, & veut tout sacrifier pour sa chere Inés. Figure bien vive & bien belle de ce que l'Histoire nous rapporte de lui ! cette Scene est un des beaux morceaux que j'aye entendu, & les aplaudissemens du public font foy de ce que j'avance.

Le Spectateur toûjours attentif à donner une tournure contraire au veritable sens de chaque chose, condamne la rigueur d'Alphonse, qui veut, dit-il, faire mourir son fils, parce qu'il refuse d'épouser Constance. Il feint d'ignorer que le motif sensible de sa colere ne vient que du crime de s'être révolté, & d'avoir forcé le Palais ; s'il n'eût fait que refuser d'épouser Constance, il n'eût point merité la mort ; ce qui est bien visible dans la Piece, puisqu'il n'est parlé du suplice qu'aprés la révolte ; la violence de Don Pedre n'en faisant plus un coupable domesti-

que , & le rendant criminel d'Eſtat ; le
Roy ſe trouve indiſpenſablement obli-
gé d'aſſembler le Conſeil pour le juger.
Cependant comme il ſçait' que l'hymen de la Princeſſe de Caſtille eſt at-
tendu & deſiré des peuples , & que le
Prince en l'épouſant peut meriter ſa
grace , la nature le porte à faire encore une tentative ſur l'eſprit de ce
Prince altier ; mais perſiſtant dans ſes
refus , Alphonſe eſt forcé de prendre
l'avis des Grands.

Le Spectateur cenſure les deux Con-
ſeillers qui parlent , parce que chacun
d'eux fait voir les raiſons ſecrettes qu'ils
auroient de le perdre ou de l'abſoudre:
Comme s'il eſtoit ſans exemple, que des
Miniſtres zelez ayent mêlé dans le Conſeil de leur Roy des raiſons particulie-
res pour apuier , ou pour détruire des
raiſons d'Eſtat: d'ailleurs, la difference
de leurs avis forme un contraſte ſi noble & ſi plein de grandeur' , qu'il auroit été fâcheux pour ceux qui ont des
ſentimens , que Monſieur de la Motte
n'eût pas fait cette Scene.

Le Prince eſt condamné , & rien ne

pouvoit fléchir un Roy qui fait ceder les loix de la nature à celles de l'Estat : Constance tendre & genereuse a recours à sa Rivale pour sauver ce Prince.

C'est encore icy un sujet d'ironie pour le critique Spectateur : Comme il ignore absolument ce que c'est que sentiment, il ne comprend pas qu'on puisse s'adresser à son ennemi pour sauver la vie à ce qu'on aime.

Mais sans nous attacher aux idées de cet Anonime, examinons la beauté de l'action de Constance ; elle ne peut rien d'elle-même : le Roy est aveuglé, la Reine est une barbare qui ne respire que la vengeance ; elle ne peut donc rien attendre que d'Inés, jugeant bien qu'une femme aimée au point qu'elle l'est, doit avoir eu toute la confiance de son amant, & qu'elle sçait par consequent les intrigues qu'il a, les amis qu'il s'est acquis, & les parti qu'il s'est fait en cas de necessité. Mais Inés prisonniere ne peut rien remuër, c'est ce qui la fait résoudre à lui offrir son secours, le peril du Prince

étant trop preſſant pour rien ména-
ger.

Hé! quel cœur genereux n'en feroit
pas autant que Conſtance? Avec quel
ennemi, avec quel monſtre ne s'aſſo-
cieroit-on pas pour garantir les jours
de tout ce qu'on a de cher, quand on
croit qu'il en a le pouvoir? Peut-
on être homme, & ne pas connoî-
tre un pareil ſentiment? Inés qui s'eſt
toûjours flattée que le Roy ne con-
danneroit pas ſon fils, & que ce Prince
vivroit ſans qu'elle fût obligée à declarer ſon ſecret, voyant tout eſpoir per-
du, prend le parti de découvrir ſon
mariage; puiſqu'il eſt ſûr qu'en a-
voüant cet hymen, elle merite ſeule
la mort, ſelon la loy établie dans tout
le cours de la Piece. Inés fait-elle
rien en cela qu'elle ne doive faire? La
crainte de la mort doit-elle l'emporter
ſur l'horreur de voir perir un époux
qu'elle adore, & qui a tout ſacrifié
pour elle? Elle obtient de parler au
Roy, elle avoüe ſon mariage ſecret,
elle fait voir que Don Pedre n'a rien
tenté que pour garantir ſa femme du

peril qu'elle court. Le Roy frémit à
cet aveu; mais comme il se sent tou-
ché de l'effort magnanime d'Inés, il
cherche à combattre la pitié & l'admi-
ration qu'elle lui inspire, en s'exhalant
en menaces. Inés animée par son amour
& par un reste d'esperance qui n'a-
bandonne jamais les malheureux, fait
venir ses enfans, & les livre comme elle
à la fureur d'Alphonse, pour sauver
son époux.

Ces objets d'amour & de pitié desar-
ment Alphonse, il avoit crû l'amour
d'Inés,& de D. Pedre, une intrigue ordinaire, une flamme que peu de jours
avoient fait naître, & que peu de jours
pouvoient éteindre; mais il voit des enfans de six à sept ans, un hymen qui
a dévancé de bien loin ces traitez, &
qui étoit cimenté par ses précieux ga-
ges bien avant la guerre des Maures;
il reconnoît alors que ce n'est point
desobéissance ni opiniâtreté qui ont fait
agir le Prince. Il voit un époux, un Pere,
prêt à perir pour sauver une Epouse &
des enfans si chers: & bien loin d'y avoir
un crime consommé, comme le dit nôtre

Spectateur, il n'y voit que l'innocence & la vertu justifiée : ces tendres fruits d'un amour legitime lui dessillent les yeux, il connoît alors qu'il est le maistre de la loy ; & les enfans de son fils lui font sentir qu'il est Pere.

Effet ordinaire de la nature, que les vices ou les défauts de nos enfans, font quelque fois démentir, mais qui ne se dément jamais pour ce qui est sorti d'eux. Alphonse pardonne, il ratifie le mariage de son fils, & dans le moment qu'il doit être le plus heureux de tous les hommes, Inés meurt empoisonnée.

Voyez, Monsieur, avec quel art Monsieur de la Motte a traité son Sujet, & reconnoissez l'Histoire dans tous ses Evenemens ; l'Alliance proposée & refusée est veritable, l'Amour & l'Hymen d'Inés & de Don Pedre sont certains, l'Entrée du Prince dans le Palais, à main armée, est une image de sa révolte, dans l'Histoire ; ses emportemens en sont une des violences dont elle l'accuse ; le Conseil est une figure de celui que Don Alphonse assembla : & la maniere dont Inés meurt, en est une de son massacre.

Pour

Pour nous ôter l'horreur de voir Alphonſe conſentir à ce meurtre, Monſieur de la Motte a eû l'adreſſe de faire tomber notre haine ſur un caractere oppoſé en grandeur & en ſentiment; ſur une femme de qui le nom ne doit pas eſtre auſſi neceſſaire à la poſterité, que celui d'un grand Roy dont on écrit juſqu'aux foibleſſes.

Que nous ſerions charmez ſi Don Alphonſe eut poſſedé effectivement les vertus que Mr de la Motte lui prête, & s'il n'eût pas terni l'éclat de ſa vie par ſon conſentement au meurtre d'Inés.

Je vous ay fait voir, Monſieur, que l'Auteur nous a donné une image parfaite de l'Hiſtoire; n'y ayant ajoûté ou retranché, que ſelon que le Theatre le demandoit: Semblable à ces grands Peintres qui ſe ſervent de couleurs plus ou moins vives pour embellir leurs Ouvrages. Ainſi, l'ordonnance de celui-ci ne peut revolter les gens d'eſprit, comme le veut le Spectateur.

Pour moy, je ne vous ay point falcifié la piece, & vous n'aurez à me reprocher que de n'y avoir pas ajoûté un nombre infini de beaux vers, de belles

penſées & d'admirables maximes, dónt
toutes les Scenes ſont remplies & ſoute-
nuës. Il n'y a perſonne qui ait lû &
qui joigne le bon ſens au ſçavoir, qui
n'admire la Tragedie d'Inés de Caſtro.

Le Spectateur s'acharne contre
Monſieur de la Motte ſur un vers de
Monſieur de Corneille qui ſe trouve
dans Inés: Il ſemble [à l'entendre] que
ce ſoit un crime de leze Majeſté; il ne
peut même ſouffrir que ce vers ait at-
tiré des applaudiſſemens. Il devroit bien
cependant lui faire l'honneur de croire
qu'il n'a pas peché par ignorance &
qu'il étoit bien capable de ſubſtituer un
vers à la place d'un autre, s'il l'eut voulu

Si Monſieur de la Motte dans le cours
d'un auſſi long ouvrage qu'une Tragedie, n'a pris qu'un ſeul vers à Monſieur
de Corneille, & qu'il lui ſoit reproché
avec tant d'aigreur; que ne devroit-on
point faire à ceux qui l'ont pillé entie-
rement? & qui pour ne donner au public qu'une ſeule Tragedie en leur vie,
l'on formée de toutes celles de ce grand
homme?

Je n'entrerai point, comme le Spectateur, dans le détail du jeu des Acteurs &.

dés Actrices; leur merite est assez connu, sans se mesler d'en faire sentir le fort ou le foible. Il n'est point de bonne piece qui ne soit le triomphe d'un bon Acteur : plus son rolle lui prête , & plus il le fait valoir.

Je ne m'ingereray point, non plus, de faire l'Apologie de Monsieur Campistron ; mais je trouve qu'il est des termes dont on ne devroit jamais se servir, à l'égard de gens qui comme lui, se sont acquis l'estime de ce qu'il y a de plus grand en France.

Je ne garderay pas une pareille moderation sur ce que le Spectateur dit, que le Parterre est une machine qui se remuë plûtôt quand on la frape bienfort que quand on la frappe avec justesse.

Le public generalement est interessé dans ce discours outrageant & si peu convenable au respect qui lui est dû.

Le Parterre est une assemblée d'hommes d'esprit de tout genre qui ne vont aux spectacles, que pour voir, entendre, & juger.

Ce qui lui plaist , plaist à tout le monde ; ce qu'il condamne, est condamné partout, & ce n'est que le Parterre qui fait réuſſir où tomber unOuvrage de Theâtre. Il ſeroit bien inutile à un Auteur de faire de belles choſes, & à un Acteur d'eſtre excellent, ſi le Parterre n'étoit qu'une machine ; puiſqu'il dépendroit de ſon caprice de trouver bon ce qui eſt mauvais, & mauvais ce qui eſt bon.

Puiſque que le Spectateur avouë que le Public n'eſt pas ſans diſcernement ; il doit convenir que le Parterre qui fait une bonne partie de ce Public, en a aſſez pour juger ſainement. Sur ce fondemènt Mr de la Motte a remporté une gloire parfaite ; puiſque les applaudiſſemens ne ſe ſont point démentis pour Inés de Caſtro, malgré les efforts de gens intereſſez à la détruire.

Il n'y a que ces ſortes de perſonnes qui peuvent dire que cette piece eſt mal écrite, & jamais Mr de la Motte ne paſſera pour avoir une mauvaiſe diction. Sa Proſe eſt élegante & pure, ſa Poëſie énergique, noble & aiſée : il n'a point donné d Ouvrage au public qui ayent eu un mauvais ſuccès ; les differens partis qui ſe forment dans la Republique des Lettres, ne peuvent jamais faire

de tort à un homme, dont le merite est
si generalement reconnu en Poëme dra-
matique.

Les Maccabées, Romulus & Inés de
Castro ont trop bien établi sa réputa-
tion, pour qu'il ait besoin d'un deffen-
seur ; aussi n'est-ce pas en cette qualité,
que je biâme les sentimens du Spectateur

La verité seule m'oblige à parler : Na-
turellement amateur de ce qui est
beau, je ne puis souffrir qu'on le de-
chire, & que l'on décide avec passion.
Je vois toûjours avec chagrin que l'en-
vie & la jalousie cherchent à obscurcir
le vrai merite. Je n'ignore pourtant pas
que cela a été de tous les temps, que
cela ne cessera jamais d'être, & qu'il
est inutil de vouloir vaincre de tels ad-
versaires : tout ce que l'on peut faire,
c'est de passer sa vie à les combatre.

Je conclus donc, Monsieur, que les
Vers d'Inés ne sont ni durs ni mal cons-
truits ; que les expressions n'en sont ni
louches, ni vicieuses ; qu'elle est interes-
sante du commencement jusqu'à la fin,
& que ne devant pas tout l'éclat de sa
réussite à l'action des Acteurs, elle doit

être régardée comme excellente dans toutes ses parties.   F I N.

A P P R O B A T I O N.

JE soussigné M ès Arts en l'Université de Paris, ay lû par ordre de Monsieur le Lieutenant General de Police, un Manuscrit qui a pour titre, *Réponse à Mr. *** sur les Sentimens du Spectateur François, au sujet d'Inés de Castro, Tragedie de M. de la Motte,* dont on peut permettre l'Impression. A Paris ce 9. Aoust 1723.

PASSART.

VEU l'*Approbation du Sieur Passart,* Permis d'Imprimer. *A Paris ce* 10. *Aoust* 1723.

M. P. DE VOYER D'ARGENSON.

Registré sur le Livre de la Communauté des Libraires & Imprimeurs de Paris, N° 1129, conformément aux Reglemens, & nottamment à l'Arrest de la Cour du Parlement du 3 Decembre 1705. A Paris le 18 Aou 1723.

BALLARD, Syndic.

www.ingramcontent.com/pod-product-compliance
Lightning Source LLC
LaVergne TN
LVHW010122060726
842524LV00005B/1675